la
BALANCE

LAURENE PETIT

DICO - SIGNES

Alors que l'astrologie devient un champ de recherche pour les scientifiques du monde entier, il était nécessaire de créer un ouvrage moderne, accessible et vivant.

En effet, si la véritable astrologie ne prétend pas prédire l'avenir, il est indispensable, dans un monde de communication, d'avoir une meilleure compréhension de soi-même et des autres.

La collection « Dico-Signes » vous apporte les réponses que vous attendiez et vous indique les directions d'épanouissement possibles de votre personnalité astrale.

Le bonheur ne commence-t-il pas, selon Socrate, par la connaissance de soi-même ?

Activité : La Balance est un signe cardinal, masculin et centrifuge. Premier signe de l'automne, il marque le déclin du jour au profit de la nuit.

Cardinal, il se caractérise par l'élan, la projection, le jaillissement éventuellement sans contrôle et parfois sans suite.

Masculin, il témoigne d'un pôle actif.

Centrifuge, il est marqué par l'ouverture sur les autres, l'adéquation au milieu et aux valeurs collectives.

Chez la Balance, l'activité dépendra donc souvent de l'entourage : chez les autres, elle trouvera fréquemment l'émulation ou les motifs qui la poussent ou la freinent alternativement.

Son activité utilisera également le ressort nerveux, se basant sur des jaillissements spontanés, souvent mieux contrôlés que chez le Bélier mais peut-être avec moins de ténacité que le Cancer.

La Balance n'est pas un gros producteur et, souvent soumise à sa nature émotive, elle a beaucoup de mal à démarrer une activité ou à ne pas céder au découragement.

Le signe possède deux maîtres planétaires fort différents, qui déterminent des natures opposables ou complémentaires.

Vénus, planète d'union, d'association, de jeunesse agit de façon contraire sur le signe à Saturne, planète de renoncement, de rétraction, de vieillesse.

Prise entre ces deux pôles, la Balance oscillera souvent dans tous les domaines.

Son activité sera variable, hésitante. Longue à démarrer, elle réalisera ensuite très vite. Ou bien au contraire, si la tâche est accomplie de façon trop traînante, elle abandonnera facilement pour passer à autre chose.

Avec la coloration vénusienne du plaisir, l'activité dépendra également de l'investissement affectif de la Balance. Elle fuira les activités désagréables, préférant à toute autre chose la satisfaction de son corps et de son esprit.

Adolescence : Vénus est l'un des deux maîtres planétaires de la Balance et correspond à la première jeunesse.

Le natif vivra l'adolescence comme une période transitoire débouchant sur la naissance du jeune homme et de la jeune femme.

L'éveil sexuel est précoce, de même que celui du sentiment amoureux. La Balance pourra ainsi connaître sa première grande passion pendant l'adolescence et y ressentir le trouble de premiers émois charnels.

Refoulées ou combattues, ces tendances ne la rendront que plus avide par la suite. Elle sortira alors de l'adolescence comme d'une peau malsaine et étriquée pour s'adonner sans retenue aux plaisirs des jeux du corps et de l'amour.

Ainsi, une adolescence mal vécue est souvent la source réelle des malaises de l'adulte ou de ses problèmes de dépendance affective.

Affaires : La Balance a en général davantage le sens des problèmes collectifs que de ses intérêts propres. C'est pour cela qu'on recontre peut-être plus de politiciens réellement dévoués à leur cause que d'hommes d'affaires.

Pourtant, la Balance a le sens des opportunités, elle est diplomate, stratège à ses heures. Mais elle a une grande faiblesse dans le domaine de la négociation : la tendresse !

Elle se laisse facilement apitoyer et a horreur de faire de la peine. Si la négociation engage soudain un élément affectif, la Balance devient terriblement vulnérable.

Ces qualités humaines sont sans doute admirables, mais elles ne donnent pas l'étoffe d'un homme d'affaires !

Alimentation : La Balance aime avant tout la cuisine raffinée et légère et, par chance, cela lui convient parfaitement.

Elle trouvera son bonheur auprès de certaines cuisines exotiques ou orientales, comme la cuisine japonaise, dont les saveurs et l'esthétique de la présentation la ravissent.

A éviter : les aliments ou les condiments qui irritent reins et vessie, comme le poivre, la moutarde, l'alcool, le café...

Ambition : La Balance est avant tout un être pacifique, sinon même un pacifiste dans l'âme. Elle est dépourvue d'agressivité conquérante (à moins qu'une influence astrale contraire ne déforme les caractéristiques de base de ce signe très plastique, très réceptif).

La Balance manifeste donc peu d'ambition. Qui plus est, elle ne voit pas toujours les données de son existence à long terme, ayant tendance à vivre dans l'instant.

Elle se construira une vie paisible, harmonieuse et agréable, en marge des grandes ambitions ou des projets fastueux.

Amitié : S'il n'est pas rare d'avoir l'amitié d'une Balance, naturellement ouverte et dispensatrice de sympathie, le fait n'en est pas moins précieux. Car, dans ses amitiés, la Balance est la générosité même.

Tolérante, conciliante, appréciant les contacts, la Balance éprouve une intense satisfaction à vivre dans un réseau serré de liens affectifs où elle se montre entièrement disponible et serviable.

Elle aura donc beaucoup d'amis qui savent en outre qu'on peut compter sur elle en toutes circonstances.

Certains abuseront sans doute de ses trésors de

gentillesse ; il faut veiller à ne pas trop la décevoir, faute de quoi son maître Saturne, planète de repli, risque de se manifester !

Amour : Avec Saturne, Vénus est la planète qui se partage le signe de la Balance. Elle lui apporte des valeurs dominantes d'union, de sentimentalité, de séduction, de beauté.

La Balance est faite pour l'amour comme d'autres sont faits pour les mathématiques ! C'est véritablement l'amoureux du zodiaque.

La Vénus de la Balance n'est pas tout-à-fait la Vénus charnelle et ivre de sensualité du Taureau. Elle est plus aérienne, plus esthète, plus spirituelle. C'est la Vénus des affinités électives plus que de la chair et de ses plaisirs.

Mais si le Gémeaux ou la Vierge marquent l'abandon de la matière au profit de l'esprit, dans un mouvement céleste, la Balance effectue la redescente de la spiritualité vers la matière et la sensation.

Être de grâce et d'harmonie, elle vivra l'amour comme une quête de la beauté, de la perfection. Tournée vers autrui, elle a avant tout besoin d'une âme-sœur sans laquelle elle se sent inexistante.

Bref, une Balance célibataire est une Balance… malade !

L'homme :

Il a terriblement besoin de plaire, de séduire et d'être séduit. Il pourra alors être un séducteur, cherchant autant l'adhésion d'un éternel féminin que d'être rassuré sur son pouvoir de séduction.

Pourtant, il n'est pas un conquérant. Avec lui, il faut souvent faire le premier pas.

Détestant l'échec, il n'avancera qu'en terrain sûr ou bien attendra un signe de l'intéressée. Il peut aussi être très long à se décider, piétinant dans une hésitation douloureuse typique du signe.

Pourtant, il est incapable de résister à l'appel de l'amour et, même s'il s'en méfie par peur des blessures, il ne peut vivre sans éprouver le sentiment amoureux... quitte à lui trouver d'innombrables objets. En effet, il désire tellement être amoureux qu'il le deviendra facilement et fréquemment !

Si l'influence de Saturne est plus forte que celle de Vénus, l'homme Balance peut délaisser la collection d'aventures pour un sentiment qui s'intensifie au profit d'un seul être.

Son cœur est tellement grand qu'il peut tomber amoureux profondément de deux femmes à la fois. Il sera alors déchiré, ne sachant laquelle choisir... jusqu'à ce que l'une des deux choisisse pour lui et par défaut !

La femme :

La femme du signe connaît les mêmes dispositions que l'homme. Elle aspire souvent à un mariage plus conformiste et place très haut l'idéal du couple, du bonheur de la vie à deux.

Pour elle, la seule union possible est celle qui repose sur l'amour-passion. Elle doit aimer et être aimée autant en retour, ne supportant pas qu'un sentiment au départ très fort tiédisse ou s'amenuise.

A cause de cela, elle aura parfois du mal à choisir entre une vie d'aventures amoureuses et le confort bourgeois du mariage traditionnel.

Anatomie : Dès la naissance de l'astrologie, on a attribué les différentes parties du corps et les maladies qui s'y attachent aux signes du zodiaque. Même Hippocrate obligeait ses élèves à étudier l'anatomie zodiacale. En fait, du Bélier au Poissons, tout le zodiaque est contenu verticalement et de haut en bas dans le corps humain.

Ainsi, la Balance correspond aux reins, aux glandes surrénales, à l'appendice, à la région lombaire, aux ovaires et à la peau.

Animal : Un certain nombre d'animaux sont traditionnellement associés aux douze signes du zodiaque.

Les animaux totem de la Balance sont le moineau, la perdrix et tous les animaux domestiques de luxe.

Argent : La Balance entretient un rapport équivoque avec l'argent.

L'influence de sa planète Saturne le porte au détachement, tandis que l'influence de Vénus, son autre planète, lui donne le goût de la beauté, du luxe, des choses précieuses.

Ainsi, si elle achète un livre, elle choisira toujours la plus belle édition, la plus luxueuse et, partant, la plus coûteuse ! De même pour tous les accessoires de la vie quotidienne.

D'un côté donc, l'argent ne l'intéresse pas, les valeurs de « l'être » étant plus importantes à ses yeux que celles de « l'avoir » ; de l'autre, elle a besoin de disposer d'une petite fortune pour assouvir son goût du beau, du luxueux, du qualitatif.

En somme elle se retrouve dans une position difficile à tenir : celle de mettre plus d'énergie à dépenser de l'argent qu'à le gagner !

Arts : La Balance est un signe artistique par excellence. Sa grâce et son élégance en font souvent un excellent danseur, surtout si la physionomie saturnienne (longiligne) prédomine sur celle (en rondeurs) de Vénus.

Son goût du jeu en fait également un remarquable acteur, à l'aise aussi bien dans les genres comiques que tragiques.

D'autre part, elle s'exprimera avec un talent équivalent dans des arts qui privilégient l'émotion et le lyrisme (peinture, musique) ou l'échange et la communication (écriture, poésie).

On trouve dans ce signe des artistes attachés à la tradition, voire à un certain conformisme, comme des artistes d'avant-garde.

Dans tous les cas, la Balance manifeste surtout un sens de l'esthétisme, de la proportion, de la beauté. La forme l'intéresse souvent plus que le fond, quitte à sombrer dans le maniérisme.

Ascendant : C'est le point du zodiaque qui se lève à l'horizon oriental au moment de la naissance.

Il est capital pour affiner le portrait d'un signe de connaître l'Ascendant, signe complémentaire qui révèle le Moi profond, la personnalité psychique de l'être.

On le calcule à partir de l'heure de naissance du sujet. Muni de ce renseignement, on se reportera en fin de volume où une méthode simplifiée vous permettra de connaître votre Ascendant.

Balance-Bélier :

Deux signes opposés dans le zodiaque, l'axe Bélier-Balance étant celui de la justice. Le natif, à la fois sensible et emporté, base ses actes sur l'affectivité. Il est capable de tout sacrifier pour les autres.

S'il est heureux, il aura besoin de plaire et idolâtrera l'être aimé. Mais si son amour est trompé, il peut sombrer dans la dépression la plus noire, la torture mentale, le pur masochisme.

C'est un être romantique comme on ne sait plus l'être. Mais la Balance hésite là où le Bélier fonce.

Balance-Taureau :

C'est la configuration du charme et de la sensualité par excellence, les deux signes étant gouvernés par Vénus.

L'élégance du geste et de la parole, à quoi s'ajoute le plus souvent la beauté physique, dotent le natif d'une séduction irrésistible.

A la fois léger et sincère, jouisseur et secrètement inquiet, productif et insatisfait, idéaliste et lucide, il ne vivra que pour l'amour et pour l'art, mêlant parfois étroitement les deux.

Balance-Gémeaux :

La combinaison privilégie les dons d'écriture ou l'expression corporelle, la danse. Le natif sera sensuel mais très critique sur son entourage.

Diplomate, habile orateur, charmeur en toutes circonstances, il sera aussi très narcissique, obsédé par les regards qu'autrui porte sur lui, quitte à se fabriquer une personnalité imaginaire qu'il offrira à l'extérieur, en manière de jeu.

Il réussira moins par sa constance que par les appuis que son talent de négociateur lui fournira.

Son potentiel se réalisera le mieux dans une sublimation artistique dans le domaine des spectacles.

Balance-Cancer :

Le goût pour les arts est renforcé mais aussi l'idéalisme et la faiblesse de caractère. Le natif sera souvent influençable ou dépendant de ses affections.

Modelable, il peut souffrir d'un problème d'identité. Il surmontera ses difficultés par ses qualités d'organisation, de diplomatie et sa grande persévérance. La configuration dote le natif d'un don de comédien.

Il sera un acteur naturel. Doué également pour le contact, il réussira dans les métiers le confrontant au public, les voyages, l'écriture romanesque.

Balance-Lion :

La diplomatie de la Balance se double du punch du Lion. Magnétisme et séduction se complètent. Le natif vous fera prendre des vessies pour des lanternes avec une habileté diabolique. Il vivra adulé de ses amis, entretenant une pléiade de contacts ou de relations.

Doué de beaucoup de goût, d'un grand sens esthétique, le Lion fournira de l'ampleur et de la carrure aux créations légères de la Balance. Don de décorateur ou de musicien.

Balance-Vierge :

L'intelligence et la sensibilité de l'esthète dominent dans cette combinaison. C'est l'alliage du charme, du sensoriel et de l'esprit pratique, concret. La rigueur et la logique se mettent au service de la beauté, la technique au service de l'idéal.

Tous ces traits positifs ne donnent pas pour

autant la force de caractère dont le manque doit faire souffrir le natif. Sa timidité, sa pudeur, son tact risquent d'exclure l'audace et la décision.

Le natif pourra toutefois s'en tirer par la ruse : diplomate, habile stratège, fin analyste, il s'imposera en douceur.

Mais sa serviabilité et son incapacité à faire de la peine par un refus peuvent le conduire à être victime des exploiteurs de tout poil.

Balance-Balance :

La configuration renforce les caractéristiques pures du signe. Le natif sera indécis, hésitant, flottant. Il peut osciller de la légèreté à la gravité, de la superficialité à l'intensité.

Être fondamentalement sociable, c'est un idéaliste et un altruiste, éventuellement pacifiste acharné.

Balance-Scorpion :

C'est un mélange torturé, contradictoire (Vénus l'amour et Mars la guerre), mais riche. Le natif se manisfestera par de nombreux coups d'éclats, le goût du risque, le jeu sentimental d'une part, et un acharnement sérieux dans le travail. Il choisira probablement une profession indépendante.

Il sera tiraillé entre un désir de plaire, l'extravagance, et le besoin de la rigueur et de l'absolu. Passions douloureuses, épreuves, agressivité retournée contre lui-même peuvent émailler son itinéraire.

Balance-Sagittaire :

Plus encore que la diplomatie et le charme, la configuration privilégie ici l'aisance, l'assurance, la confiance en soi. Le natif est naturellement doué pour trouver des appuis, des alliés, des protecteurs.

Il sera efficace, organisé et peut se donner beaucoup de peine pour autrui. Il se dévoue éventuellement à une grande cause morale.

Balance-Capricorne :

Le natif sera souvent doté d'une personnalité double. Deux individus cœxistent. L'un est ouvert, tendre, expansif mais parfois faible de caractère ; l'autre est froid, fermé, doué d'une grande force intérieure.

Ces facettes contraires trouvent difficilement un accord et l'on assiste plus souvent à leur alternance qu'à un véritable moyen-terme. Il réussit en général à longue échéance, connaissant des hauts et des bas.

Balance-Verseau :

C'est l'alliance de l'émotion et de l'invention. Mais le natif offrira souvent une apparence détachée, lointaine en désaccord avec sa sensibilité plus profonde.

Doué d'un charme étonnant, on le jugera parfois peu accessible, malgré son altruisme et son indulgence. Aime les voyages.

Balance-Poissons :

La configuration peut signer le thème d'un grand artiste comme celui d'un artisan convenable et conformiste. En effet, la plasticité et une nature influençable sont ici renforcées. Le natif doit lutter contre le mimétisme et la confusion pour extirper son originalité des profondeurs où elle reste parfois enfouie.

Aventure : La seule aventure qui intéresse la

Balance, c'est évidemment l'aventure sentimentale.

Frivole, volage, la Balance est un vrai séducteur car il prend des risques ; il ne s'agit pas d'un amusement mais d'une aventure dans laquelle il engage toute sa sentimentalité, avec son éventuel retour de manivelle : la peine de cœur.

Bijoux : L'élégance de la Balance peut aller jusqu'à la préciosité. Elle arborera aussi bien des petits bijoux, très fins, très travaillés qu'une débauche d'accessoires de style rococo. Avec une prédilection pour le saphir, le corail ou le jade.

Bonheur : Pour la Balance, le bonheur connaît deux synonymes, le calme et l'équilibre.

Très émotive, la Balance préfère de loin une certaine tranquillité qui ne signifie pas grisaille, mais qui lui permet de goûter à des sensations ou des impressions en demi-teintes.

Elle se sent trop souvent l'esclave des sensations trop fortes. De même, l'objectif ultime de ce signe caractérisé par son mouvement de balancier est de trouver une position stable. Celle-ci ne s'acquiert en général qu'à l'aide d'un complément indispensable : l'âme-sœur.

Bricolage : Si le natif se reporte à cette entrée, c'est qu'il est masochiste, ou qu'il a un ascendant très dominant...

La Balance inventera des formes floues, irréalisables (et que d'ailleurs elle ne cherchera pas à réaliser), passera des heures à hésiter entre deux matériaux strictement semblables.

Bref, le seul domaine où elle peut exceller, c'est dans la conception artistique de vêtements où d'intérieurs. Mais ne lui laissez pas un marteau entre les mains...

Célébrités : Natifs ou personnalités fortement marqués par le signe.

Brigitte Bardot, Georges Brassens, Catherine Deneuve, Marie Laforêt, Yves Montand, Franz Liszt, Jean-Philippe Rameau, Camille Saint-Saëns, Jacques Thibaud, Verdi, Gandhi, Allan Kardec, Charles X, Édouard VI d'Angleterre, Henri III, Louis-Philippe, Louis X, Louis XIII, Margaret Thatcher, Ivan Pavlov.

Chance : Étant l'amoureux du zodiaque, la Balance est logiquement caractérisée par ses innombrables peines de cœur.

Malheureux en amour, heureux au jeu ? Ce serait là encore très logique. Puisque la Balance est perpétuellement affligée sentimentalement, le hasard et la chance devraient lui sourire dans les autres domaines. Et pour ceux qui sont heureux en amour ? Ils n'ont pas besoin de chance !

Charme : Le charme est l'une des caractéristiques du signe de la Balance, enjôleur et doux, courtois et prévenant.

C'est même plus que du charme ; sa grâce physique et l'élégance de ses gestes, issues du corps, induisent une sensualité qui confine à la séduction naturelle.

Chiffres : Le 2, le 8 et le 19 ou, d'après la symbolique numérale adoptée par les cabalistes : 5, 25, 35.

Communication : La Balance saturnienne sera réservée, peu loquace, tandis que la Balance vénusienne sera plus ouverte, expansive, éventuellement bavarde.

Mais dans ces deux registres, la Balance est néanmoins un signe de communication, de contact, d'échanges. Facilement victime des ragots ou des calomnies qui la touchent beaucoup, elle se méfiera des confidences, qu'elle réservera à un ou deux amis fidèles, dignes de l'écouter. Car la Balance a le sens de l'élite.

Même si elle a besoin des autres, son penchant aristocratique la conduit à être sélective, et cette sélection se retrouvera dans la communication avec son entourage.

Pour elle, la communication peut aussi signifier communier. Elle adorera faire partager ses lectures et ses goûts à ses proches et elle ira rarement seule au cinéma, préférant amplifier son plaisir par la présence d'autrui pour partager son émotion.

Complexes : Si la Balance a des complexes, elle les laissera rarement voir. Épanouie, elle ne souffre d'aucun complexe.

Comme elle se décourage facilement, elle pourra parfois ressentir un vague sentiment d'infériorité, complexe vague et qu'elle aura du mal à nommer, mais qui peut s'installer chez elle de façon persistante.

Concentration : Ce signe d'Air cardinal (c'est-à-dire fonctionnant sur l'élan, par à-coups) a souvent du mal à bénéficier d'une concentration continue.

Elle aura en premier lieu beaucoup de difficultés à acquérir un état concentré. Pour cela, elle aura fréquemment recours à quelques dispositifs extérieurs : isolement, calme, recueillement.

La concentration deviendra alors une suite de moments, un peu éphémères, mais qui se renouvellent.

Conflit : Le seul mot fait fuir la Balance, ou bien lui fait soudain adopter, si elle n'est pas impliquée, le rôle de grand réconciliateur.

La Balance a en effet horreur de toute forme d'affrontement et elle pâtit beaucoup de se trouver soudain dans un milieu où s'exercent des tensions d'hostilité, même si elles ne sont pas dirigées directement contre elle.

En général, elle est prête à tout pour éviter un conflit : de la dissimulation à l'argumentation. Elle ne rêve que d'harmonie avec le milieu ambiant.

Si, au restaurant, on lui sert un plat immangeable, elle n'osera pas réclamer.

Si une foule se marche sur les pieds pour entrer dans une salle de concert, la Balance préfèrera renoncer à sa soirée plutôt que d'adopter la même attitude.

Si ses amis ont unanimement choisi d'aller voir tel film, elle suivra docilement, même si elle n'en a pas envie, plutôt que d'apporter la contradiction.

Conquête : La Balance est le contraire d'un conquérant.

Même ses conquêtes sentimentales ont parfois exigé qu'on fasse le premier pas pour elle.

Conseil : Si l'on trouve des Balance frivoles et superficielles, on trouve aussi des Balance très moralistes et imbues d'un idéal sévère.

Celles-ci donneront parfois des conseils avisés mais un peu répétitifs ! A l'inverse, il sera très facile de les influencer.

Contradiction : La principale contradiction de la Balance se ménage entre son idéal spirituel de pureté et son penchant terrestre pour les plaisirs. Cela peut s'exercer à de multiples niveaux.

Elle-même, facilement indécise, a parfois besoin d'un regard critique extérieur pour résoudre ses contradictions qui peuvent la paralyser indéfiniment.

Couleurs : Le bleu clair, le jaune clair et le vert clair (pour leurs effets apaisants).

Courage : La Balance ne manque pas de courage au sens moral du mot, elle manque de courage au sens pratique : comment faire face au découragement et à l'abattement qui la guettent si souvent ?

Si un travail l'accable, elle préfèrera abandonner plutôt que persister et surmonter l'obstacle.

Quitte à endurer ensuite jusqu'au bout les conséquences de cet abandon.

Création : Face à la création, il y a grosso modo deux types de Balance.

Celle qui, très imaginative et capable de l'intensité fournie par l'apport saturnien, sera une novatrice à la forte expression, s'attachant surtout à créer des formes neuves.

Celle qui, au contraire, souffre d'un manque patent de créativité et qui sera plus à l'aise dans la finition ou la correction des œuvres d'autrui. Cette Balance là sera souvent un habile faiseur ou un excellent assistant.

Cuisine : Bien que fin gourmet, la Balance n'aime pas faire la cuisine quotidiennement. C'est pour elle assimilable à une corvée et elle a horreur des corvées. Elle aura tendance à fréquenter les traiteurs (de luxe) ou les restaurants (chics).

Culture : La Balance vénère la culture. Elle fera, si elle peut, de longues études et aura, sur beaucoup de sujets, un savoir encyclopédique.

Elle s'intéressera à la culture classique, visitant assidûment les musées et n'hésitant pas à faire des centaines de kilomètres dans le seul but d'enrichir ses connaissances, à la culture vivante : elle ira au cinéma et au théâtre voir les nouveautés et se tiendra au courant de l'actualité artistique.

Beaucoup de Balance peuvent d'ailleurs être

attirées par la critique d'art ou l'analyse théorique des œuvres.

Son champ de prédilection : l'esthétique, évidemment.

Curiosité : La Balance est surtout avide de connaissances. Sa curiosité est souvent en éveil, mais elle a tendance à se limiter à des points précis qui l'intéressent, au détriment du reste.

C'est sans doute pour cela qu'on rencontre parfois des Balance blasées, qui semblent être revenues de tout, après avoir fait le tour des autres et d'elles-mêmes.

Danger : A l'opposé du Bélier fonceur, la Balance est plutôt d'un caractère réfléchi trop même diront certains.

La Balance pèse toujours le pour et le contre, à la façon de l'objet qui la symbolise.

Mais, toujours à la façon de l'objet qui la symbolise, les plateaux peuvent trouver un équilibre horizontal. Le pour et le contre s'équivalent, la balance ne parvient pas à pencher d'un côté ou de l'autre.

Si bien que si la Balance se montre prudente et réfléchie, elle peut aussi se montrer trop hésitante face au danger et être victime de son indécision, d'une difficulté à réagir rapidement à force de vouloir d'abord tout jauger.

Elle doit en somme, sans renoncer à son caractère réfléchi, apprendre à développer ses réflexes et son pouvoir de décision.

Déception : Éternelle amoureuse, la Balance est bien évidemment prédisposée aux déceptions sentimentales, qui la perturbent beaucoup. Mais pour elle, un clou chasse l'autre, sa capacité à aimer reste le plus souvent intacte.

Après une phase de noirceur dépressive, un nouvel amour s'empare d'elle et efface le chagrin précédent.

Ses déceptions professionnelles sont parfois plus cruelles. Manquant de combativité pour accéder à un poste à sa mesure, elle se cantonnera parfois dans les seconds rôles ou dans un travail de pur adjoint.

Elle ne se satisfera jamais qu'à moitié de son sort.

Décoration : Avec son sens naturel de la beauté et de l'harmonie, la Balance supporte mal de vivre dans un cadre dépourvu de qualités esthétiques, même si sa maison n'est par exemple qu'un objet utilitaire, uniquement destiné à la recevoir entre deux voyages.

Elle s'appliquera donc à soigner la décoration de sa maison comme elle soigne sa mise, avec beaucoup de goût.

Elle sera davantage douée pour apporter des petites touches finales que pour concevoir.

Défauts : Sans vouloir lui faire de la peine (mais le mot « Qualités » lui rendra le sourire), il faut bien dire que la Balance est parfois : indolente, vaniteuse, trop coquette, dilettante, changeante, frivole, indécise, influençable, mimétique, passive, égoïste, très snob, peu persévérante, pessimiste et jouisseuse.

Dépression : C'est le point faible des signes d'Air et la Balance n'y fait pas exception.

Son fond pessimiste n'est pourtant pas le plus préoccupant. La santé mentale de la Balance dépend en fait de son bonheur affectif.

Qu'elle vive une passion amoureuse harmonieuse et équilibrée et tout ira bien. Mais au contraire, si elle rencontre disonnance et trahison, tout l'édifice de la personnalité s'écroule.

La Balance manifeste des symptômes profonds d'angoisse et une culpabilité diffuse. L'état dépressif s'installe progressivement. Comme elle somatise rapidement, elle connaît de multiples petits ennuis de santé qui n'arrangent pas son moral ! Seul une rupture radicale lui permet de recouvrer ses moyens ordinaires.

Destin : Riche de beaucoup de possibles et de multiples talents, la Balance ne connaît pas une destinée-type.

Ses itinéraires peuvent être multiples. La Balance n'est pas un bâtisseur de grande fortune. Mais elle peut bénéficier d'héritages importants.

Discipline : Serviable et docile, la Balance se soumettra facilement à la discipline, à condition que celle-ci soit vécue comme un code voué à l'efficacité et non comme l'exercice arbitraire d'un pouvoir.

La Balance sait être obéissante mais elle a soif de liberté. Elle a besoin d'exercer son esprit d'initiative même si, avec elle, les initiatives sont longues à venir !

Toutefois, il lui sera plus facile de se soumettre à une discipline sans sévérité, imposée par un cadre extérieur, que de faire preuve d'auto-discipline, dans une profession indépendante par exemple.

Changeante et instable, elle sombre facilement dans l'indolence.

Dans une profession libérale ou un travail effectué à la maison, elle devra souvent se forcer pour respecter ses horaires et ses obligations.

Domination : Bien que signe masculin, la Balance connaît une tendance à la résistance passive.

Certains natifs peuvent en faire une arme, parfois à une échelle extraordinaire comme Gandhi.

D'autres plus modestes d'envergure risquent de se trouver dans le camp des dominés plutôt que dans celui des dominateurs !

Une chose est sûre : la Balance n'est pas un homme de domination ou une femme dominatrice. C'est probablement une qualité rare, mais les natifs doivent apprendre à ne pas en devenir pour autant les victimes.

Placée dans une situation de commandement, la Balance s'en tire souvent mieux qu'on ne croit, essentiellement grâce à ses qualités d'organisation.

Echec : Avec sa facilité à se décourager, la Balance précipite souvent les échecs. Ou plutôt, elle n'attend pas que l'échec arrive pour déclarer forfait. Si elle avait persévéré, aurait-ce été un échec ?

Si bien que son comportement ressemble parfois à une évidente « conduite d'échec ».

Désireuse d'abandonner, elle se persuadera que, de toute façon l'affaire sera un ratage et qu'il vaut mieux, dès lors, arrêter tout de suite les frais !

Les Balance qui connaissent la réussite la doivent à l'énergie qui leur permet de dépasser ce stade délicat.

Égoïsme : Deux types cœxistent chez la Balance. Ce signe est en général celui de la serviabilité, du dévouement, parfois de la docilité par incapacité à savoir dire « non ». Plutôt que de faire de la peine, la Balance préfèrera aller contre ses propres envies.

Mais une composante narcissique peut aussi la tourner vers l'égoïsme et la seule satisfaction de ses propres plaisirs, au détriment du plaisir d'autrui.

Élément : Les premiers philosophes grecs avaient proposé quatre éléments fondamentaux à la source de toute chose : l'Eau, l'Air, la Terre, le Feu.

L'élément de la Balance (comme du Gémeaux et du Verseau) est l'Air, mélange d'humide et de chaud.

Il s'interprète comme un indice d'imagination, d'intelligence, de souplesse, de rapidité, de fugacité, de dispersion.

On peut comparer les trois signes d'Air au mouvement de la respiration.

Premier temps : l'aspiration du Gémeaux (avide de connaissances nouvelles).

Deuxième temps : la rétention de l'air avec la Balance.

Troisième temps : l'expiration du Verseau. Cette rétention de la Balance correspond symboliquement à son hésitation.

Enfance : L'enfant Balance manifeste avant tout son extrême sensibilité.

Il est souvent effrayé et désemparé face aux contingences de la vie et il faut éviter de le couver ou de céder à ses facilités.

Afin de ne pas lui fabriquer un caractère indolent qu'il acquiert vite, il sera souvent préférable de le confronter tôt aux tâches du quotidien ou à la défense personnelle de ses intérêts. Il sera avide d'affection et de tendresse. Souvent docile et obéissant, il se pliera à ce qu'on attend de lui par désir de plaire ou de ne pas fâcher.

Il a également un besoin vital d'avoir des parents unis et souffre beaucoup dans une atmosphère de disputes ou de mésentente.

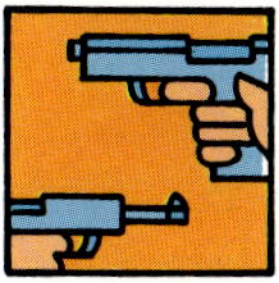

Ennemis : Qui croirait que la Balance, grande conciliatrice et diplomate dans l'âme, pourrait se faire des ennemis ?

Son charme et sa douceur suscitent la sympathie, surtout si elle appartient au type expansif. Plus réservée, on admirera son sérieux.

La Balance ne contredit jamais personne. Mais certains s'irriteront de sa légèreté et de sa frivolité.

Et puis, gare aux maris jaloux si notre Balance développe par trop sa fibre séductrice !

Ennui : La Balance peut s'ennuyer facilement, surtout si elle est seule. Préventivement, elle sortira beaucoup et cherchera constamment de nouvelles relations, à moins qu'une note saturnienne ne lui confère le goût d'un plus grand isolement.

Excès : Sans être véritablement un signe de mesure, comme la Vierge, la Balance est un signe d'équilibre.

Elle se méfiera des excès, leur préférant en général le juste milieu, quitte à attendre longtemps pour le trouver !

Mais c'est compter sans son attrait pour les plaisirs. La Balance peut aussi se transformer en épicurien, en jouisseur, ne recherchant que sa satisfaction personnelle et immédiate.

Exigence : La Balance possède deux exigences pour lesquelles elle se montrera intraitable : d'abord, la qualité ! Elle déteste le faux ou l'insuffisant ; ensuite : qu'on l'aime ! Pour le reste, c'est la conciliation même.

Famille : La Balance peut avoir une attitude double à l'égard de la famille.

En effet, son besoin d'indépendance peut entrer en contradiction avec le désir profond du signe de trouver l'harmonie avec le milieu ambiant.

On trouve fréquemment dans ce signe des natifs victimes de la forte personnalité d'un père ou d'une mère derrière quoi leur personnalité tend à s'effacer. La Balance se retrouve alors en état de complète dépendance par rapport à la cellule familiale.

Pourtant, ce signe d'Air cherchera tôt ou tard une échappée vers l'indépendance. Cela pourra passer par un violent rejet de la famille, qui est en réalité un rejet du lien de dépendance. Si ce rejet reste primaire, la Balance a de fortes chances de recréer cette dépendance dans son entourage amical ou professionnel.

Une évolution plus douce, et plus intérieure, lui permet de mieux assumer son individualité.

Fantaisie : Les signes d'Air sont, en général, les plus fantaisistes du zodiaque.

Le registre de la Balance sera celui de la superficialité, du jeu avec les apparences, de la frivolité.

Les nuances et les demi-teintes qu'elle affectionne particulièrement la conduiront à une fantaisie légère, frivole et enjouée, qui doit parfois se méfier de l'extravagance gratuite.

Fantasme : La Balance est fondamentalement portée par le désir de plaire à tous et à toutes.

Elle rêve d'une popularité universelle. Son plus grand fantasme est alors le suivant : par sa seule présence, attirer tous les regards et susciter toutes les sympathies.

Fidélité : Si la Balance est, de tous les signes du zodiaque, celui qui est le plus disposé au mariage (dans la mesure où il marque l'union avec l'âme-sœur), sa fidélité est incertaine.

La Balance saturnienne sera parfois plus solide et sa fidélité un gage de stabilité affective.

La Balance vénusienne peut également atteindre à une même stabilité affective. Mais elle est souvent incapable de résister à l'appel de ses sens, au besoin de plaire, de séduire et d'être séduite.

La Balance sera infidèle par facilité et parce que la beauté des apparences, l'attrait physique (et éventuellement la flatterie) balayent toutes ses résistances. Elle aime capituler !

Force : La Balance est le contraire d'un signe agressif. Les hommes du signe peuvent même parfois se féminiser légèrement. Son signe opposé dans le zodiaque est marqué par la lutte pour la vie (le Bélier).

A l'inverse, pacifiste née, la Balance a horreur de lutter. Elle préfère souvent renoncer à quelque chose plutôt que d'avoir à se battre pour l'obtenir.

Pour elle, la force, physique ou mentale, est un critère primaire, non élaboré.

Elle peut très bien apprendre à vivre avec ses faiblesses et les utiliser à son profit. Cela lui paraît à tout le moins plus raffiné.

Gourmandise : Si le Gémeaux ou la Vierge se caractérisent par l'abandon ou la sublimation de la matière au profit de l'esprit, la Balance, elle, témoigne d'une réinjection de la spiritualité au sein de la matière.

Cela revient à dire que, sensible aux plaisirs du corps, la Balance sera gourmande… mais pas gloutonne. On trouve alors deux types de natifs.

Gouvernée par Saturne, synonyme de renoncement, la Balance sera mesurée et ne connaîtra que des accès irréguliers et espacés de gourmandise.

Gouvernée par Vénus, synonyme de plaisir, la Balance sera gourmande au quotidien, faisant de la satisfaction permanente de ses papilles gustatives la règle de base de tout repas.

A l'inverse du Taureau désireux d'abondance, elle privilégiera toujours la qualité aux dépens de la quantité.

Grossesse : A l'inverse du Taureau, signe également vénusien, la Balance, reine des plaisirs séductifs de l'amour s'étonne toujours d'être capable de créer par l'acte d'amour !

Cet étonnement la laissera fragile, d'une grâce aérienne en dépit de son fardeau...

Groupe : Certains natifs de la Balance n'existent parfois qu'en fonction d'un groupe. Le signe cherche avant tout l'harmonie avec un milieu et il est très adaptable.

La Balance, même si elle possède une forte personnalité, a besoin du regard des autres.

Expansive et extravertie, il lui semble que la vie n'a de saveur que pour autant qu'elle puisse plaire à autrui.

Le groupe, amical ou professionnel, est donc pour elle un cadre naturel. Mais elle doit se méfier de l'emprise que ce groupe peut exercer sur elle.

Trop désireuse de plaire, elle peut se laisser façonner par les autres, être ce que l'on attend qu'elle soit, plutôt qu'elle-même. Se confronter à un groupe peut éventuellement l'amener à combattre en elle la tendance à être un petit caméléon.

Héros : La Balance peut se reconnaître dans deux types héroïques qui seraient d'une part l'homme de paix et de fraternité, d'autre part l'amoureux.

Le personnage du natif Gandhi est un véritable héros du signe en ce qu'il a transformé ce que certains jugent comme une faiblesse en arme puissante : la non-violence.

Honnêteté : C'est éventuellement le point faible de tout signe d'Air, donc de la Balance. Soucieuse des apparences, elle pourra parfois tricher avec.

Mais, à l'inverse du Gémeaux roublard, elle possède un idéal de sincérité et de droiture. Simplement, elle peut parfois s'abuser elle-même !

Hospitalité : La Balance est très hospitalière, d'autant qu'elle a besoin du contact des autres.

Mais attention à l'invasion ! La Balance ne sait pas dire non et risque de voir sa maison devenir un hôtel ou un restaurant !

Humeur : La Balance possède un fond de pessimisme et de tristesse qui ne se perçoit pas toujours, car elle est désireuse d'offrir aux autres l'apparence d'un caractère gai et sans problème.

Son humeur sera souvent enjouée mais cela peut dissimuler quelque douleur intérieure dont elle n'ose faire étalage.

Humour : La Balance aime le jeu, elle est intelligente et fine. Tout cela en fait un humoriste de talent.

Qui plus est, la Balance sait que faire rire est l'une des meilleures façons de plaire !

Idéal : L'idéal qui triomphe chez la Balance, c'est celui de la paix, de l'harmonie. « Faites l'amour, pas la guerre » ! Le mouvement hippy pourrait être d'essence Balance !

Imagination : L'imagination de la Balance porte en général sur les formes, les apparences, et non sur la substance. Ce sera souvent un décorateur de l'imaginaire, un esthète qui procède par petites touches.

Son imagination peut toutefois l'amener jusqu'à remettre en cause les fondements du réel.

Influence : La Balance est au moins autant influençable que le Poissons !

Crédule, elle prendra souvent au premier degré ce que les autres lui disent. Elle pourra donc être victime de ses propres illusions comme de celles des autres.

On trouve dans ce signe quelques natifs dévorés par l'influence d'un gourou ou d'un maître à penser. Ou au contraire, des natifs plus réactifs qui militeront contre toute forme d'endoctrinement.

Instinct : Chez la Balance, la vie sentimentale a incorporé la vie instinctive, là où le signe précédent (la Vierge) la rejetait.

La Balance a facilement accès à cette vie instinctive, dont elle réussit en général le mariage avec son affectivité. Avec un revers possible : en effet, si l'instinct s'est fondu dans le sentiment, il ne constitue plus une défense efficace contre les sentiments destructeurs.

Intelligence : Signe d'Air, la Balance est donc caractérisée par l'éveil de l'intellect, voire par une tendance à la cérébralité (toutefois moindre que chez les signes régis par Mercure : Gémeaux et Vierge).

Son intelligence suivra deux pistes parallèles : le goût de la culture et de l'érudition et la facilité à assimiler. La Balance comprend et retient vite. Souple, elle peut tout aborder avec une égale finesse.

Cela en fait souvent un collaborateur idéal, un champion du travail collectif.

Intimité : Il est difficile de faire renoncer une Balance à tous ses amis au profit d'un dîner en tête à tête, par exemple.

Pourtant, si la chose s'orne de raffinement ou d'un cérémonial délicat, elle cèdera par plaisir du jeu, plus que par goût de l'intimité.

Intuition : La Balance est capable d'être lucide et déductive, plus qu'intuitive.

Et puis, il est simple de la mener par le bout du nez de ses sentiments !

Invention : La Balance est plus une imaginative, une perfectionniste, qu'une inventive ou une conceptrice.

Ses idées peuvent manquer de sens pratique, et si elle s'essaye au bricolage, la première expérience la renverra à la poésie !

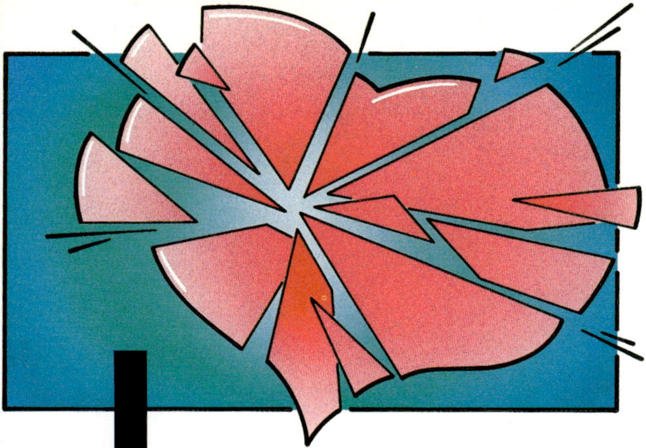

Jalousie : A l'inverse des signes de Terre marqués par la possessivité (Taureau, Vierge, Capricorne), la Balance en tant que signe d'Air est susceptible de détachement.

Elle ne sera pas un jaloux type. Mais elle est très sentimentale et pourra donc devenir extrêmement jalouse si ses sentiments sont contrariés ou si elle estime que quelque infidélité la dévalorise.

Non seulement elle sera jalouse, mais encore elle culpabilisera facilement cette jalousie : elle souffrira de faire de la peine à l'autre en lui imposant ce sentiment jaloux ! Finalement, elle préfèrera souvent le dissimuler et pardonner pour ne pas risquer de remettre en cause une relation chère. Ce calvaire silencieux n'en sera pas moins un calvaire. Et la Balance sera trop souvent prête à souffrir, sans mot dire, déloyauté et trahison.

Elle doit se méfier de ceux qui profitent de sa clémence et de sa sentimentalité.

Jours : La tradition venue de Rome au temps d'Auguste, associe les jours de la semaine aux planète qui les gouvernent.

Ainsi, le jour favorable à la Balance est vendredi (Vénus), son jour défavorable le mardi (Mars étant en exil dans ce signe).

Justice : Dans le zodiaque, la Balance est symbole de justice. Les natifs se distingueront par un sens aigu de l'équité.

Ils se révoltent immédiatement face à toute injustice, qu'elle soit morale ou qu'elle relève de la loi établie.

Si cela leur paraît plus juste, les natifs sont prêts à l'illégalité !

Liberté : Pour la Balance, la notion de liberté est une valeur absolue. Elle ne supporte pas les chaînes, aspire à l'autonomie et à la complète disponibilité d'elle-même, et ne supporte pas davantage d'enchaîner autrui.

Toutefois, lorsque cela touche le domaine sentimental, la Balance, qui désire être libre, n'en a pas toujours les moyens.

Libido : Contrairement au Taureau, le sens de l'esthétique de la Balance, la pousse à des jeux érotiques plus raffinés.

Ici encore, tout est sujet à préliminaires, à caresses subtiles, au plaisir des corps dans une distance savamment dosée.

La grâce de la Balance, lui confère une souplesse et une légèreté tactile à faire fondre un soldat de plomb.

Ses mots clés seront attente et douceur, des sensations de la pointe des pieds à la racine des cheveux.

Ici, pas d'assauts brutaux, ni de morsures ou de griffures, la peur de faire mal et le respect de l'intégrité du corps de l'autre primant chez le natif.

Allez voir dans le frigo, il doit y avoir une bouteille de champagne au frais...

Loisirs : Par manque de combativité, la Balance peut parfois avoir une profession en dessous de ses capacités réelles.

Si elle s'ennuie dans son travail, elle devra absolument faire passer sa créativité naturelle dans des loisirs artistiques.

Maison : Pour la Balance, une maison est d'abord un objet utilitaire. Plutôt mobile, elle n'en fait pas un foyer véritable ou le prolongement de sa personnalité à la façon du Taureau ou du Cancer.

Sentimentale incorrigible, elle s'y attachera sans doute un peu, mais les déménagements fréquents ou rapides ne lui font pas peur.

Mariage : Dans « Les affinités électives » de Gœthe, on trouve cette dénifition : « Le mariage (...) adoucit l'homme brutal, et l'homme le plus cultivé ne trouve pas de meilleure occasion de manifester sa douceur. Il faut qu'il soit indissoluble, car il apporte tant de bonheur que tout malheur particulier, comparé à lui, est tout à fait négligeable. »

On ne trouve pas de meilleur résumé de la philosophie de la Balance, homme ou femme, en la matière.

Maternité : Elle aime les enfants mais s'arrête en général au deuxième avec un « ouf ! » de soulagement.

L'enfant unique lui convient aussi bien ! Avec elle, sa progéniture sera comblée d'affection et de soins.

Maturité : La Balance atteint souvent la maturité lorsqu'elle parvient à réfréner son besoin inné de plaire.

Elle devient alors moins influençable, moins assujettie à son entourage, mais pas moins sentimentale !

Métaux : Le cuivre et l'or.

Mythologie : Plusieurs mythes de l'Antiquité peuvent évoquer le signe de la Balance. Celui d'Adonis est un des plus typiques.

Vénus tomba follement amoureuse de ce bel adolescent. Jaloux, le dieu Mars le tua. Descendant aux Enfers, Adonis tomba alors amoureux de Proserpine. Le voilà alors partagé entre deux passions et incapable de choisir, illustrant en cela l'indécision fondamentale de la Balance. Jupiter coupa la poire en deux : Adonis passerait désormais six mois dans les doux Enfers de Proserpine et six mois dans les forêts terrestres, avec Vénus.

Naïveté : La Balance n'est pas naïve mais elle peut facilement être la proie des apparences ou de la flatterie.

Sensible à la beauté comme pur critère, elle pourra se laisser séduire par des artifices. Artifices amoureux ou belles promesses la comblent. Lorsqu'elle découvre l'illusion, le choc est cruel.

Narcissisme : Nous entrons dans le domaine des formes subtiles, de l'harmonie, d'une nature délicate, affinée.

Extravertie, la balance ne peut vivre sans plaire et sans se plaire à elle-même. Elle porte un véritable culte à son corps qu'elle pare avec délectation.

L'homme du signe détestera souvent une pilosité qu'il trouvera peu esthétique et jouera de l'ambiguité d'une anatomie androgyne. Il en faut peu pour qu'on le trouve trop féminin, mondain, snob, fin de race.

Dites à une balance qu'elle a attrapé une maladie de peau, vous la retrouverez en salle de réanimation. Elle se veut une artiste de l'existence, et ne tarit jamais de superlatifs pour se qualifier.

Si une balance se sent seule, offrez-lui un grand miroir, elle sera sa meilleure compagne. Le danger pour cet être faible, c'est de ne plus pouvoir s'échapper de l'emprise de son autofascination.

Nature : Sentimentale, la Balance aime la nature romantique, sauvage ou désolée, dont le paysage peut entrer en résonance avec son état d'âme.

Elle apprécie les forêts d'automne, qui la plongent dans une rêverie mélancolique.

Obstacles : Le caractère de la Balance (bien que signe masculin) ne la prédispose pas à la lutte, au combat.

En fait, la Balance a une nette tendance à la facilité. Si les choses ne se font pas toutes seules, elle connaîtra rapidement le découragement.

Plutôt que de chercher à surmonter l'obstacle, elle renoncera et se tournera vers quelque chose de plus facile. D'autant qu'elle se sait douée pour beaucoup de choses.

Pourquoi se confronter ici à des obstacles, alors qu'ailleurs il est inutile de le faire pour réussir ?

Opportunisme : Le manque d'ambition et de continuité de la Balance peut être dans certains cas largement compensé par son intelligence, sa diplomatie, son sens de l'échange et du contact.

La Balance est très opportuniste, à condition de ne pas commettre d'injustice !

Optimisme : L'apparence calme ou même rieuse, enjouée, de la Balance ne doit pas tromper.

Elle dissimule souvent une humeur pessimiste.

Même si celle-ci reste à l'arrière-plan, elle n'en motive pas moins beaucoup de ses actes et sa facilité au découragement. Mais la Balance répugne à ennuyer autrui avec cela !

Orgueil : Il s'agit bien plus souvent d'amour-propre que d'orgueil ; chez la Balance, il est rarement mal placé.

Si certains natifs possèdent un caractère vaniteux trop sensible à la flatterie, d'autres au contraire manifestent avant tout humilité et modestie.

Paresse : L'Air du signe de la Balance est un facteur de nervosité.

La Balance a besoin de s'agiter, et son agitation est pourtant freinée par sa difficulté à se concentrer sur une activité.

Si cette difficulté n'est pas vaincue, on trouve alors des natifs facilement indolents, cèdant à la paresse avec, par périodes, des manifestations d'une intense activité.

Parfums : La Balance est réceptive aux émotions que lui procurent les cinq sens.

Elle sera très sensible à l'odorat et, homme ou femme, appréciera les parfums subtils, nuancés, peu persistants.

Ses parfums porte-bonheur sont le jasmin, le myosotis, l'œillet, la rose et la verveine.

Passion : La Balance est un signe de passion. Elle est avant tout régie par ses sentiments, voire la sentimentalité de son caractère, jusqu'à en être l'esclave.

Si la Balance désire plaire, elle désire autant être

séduite. Son besoin d'amour passionnel fonctionne dans les deux sens, si bien qu'elle s'attristera parfois de ne pas trouver cette réciprocité chez tous ceux qu'elle aime.

Paternité : L'homme de la Balance n'aime pas toujours les enfants.

Il manque de patience avec eux. Les enfants sont bruyants et lui aime le calme. Pourtant, il peut être un excellent pédagoque.

Pays : Plusieurs pays sont traditionnellement gouvernés par le signe de la Balance : l'Égypte, l'Éthiopie, ainsi que la province espagnole de la Catalogne.

Perfection : La Balance n'est pas un véritable perfectionniste, même si elle n'aime pas le travail bâclé.

En fait, ce qu'elle aime, c'est la finition, les petites touches finales, l'enluminure. Non par pur souci perfectionniste, mais par goût des nuances.

Pierres : Les pierres traditionnellement associées à la Balance sont les pierres précieuses, qu'elle arborera sous forme de bijoux : corail, jade et saphir.

Planètes : La Balance possède deux maîtres planétaires.

Vénus, déesse de l'amour et des arts, de la beauté, de l'invincible séduction, est un principe d'union, de fusion, d'harmonie.

Ces propriétés se déploient du simple instinct sexuel, « sentimentalisé », jusqu'aux formes de l'art, principes d'une sublimation esthétique de la vie.

Saturne, dieu du Temps, est un principe de vieillissement ou de maturation, de rétraction, d'isolement, de sècheresse.

Cette planète, en fait, favorise la construction de la personnalité par la force du renoncement.

Plantes : L'influence des planètes s'exerce sur la nature, donc sur l'homme, mais aussi sur les plantes.

Par l'intermédiaire de son maître Vénus, les végétaux suivants sont associés au signe de la Balance : ancolie, aunée, groseille, pêche, pois chiche et vulnéraire.

Politique : Le désir d'union ou de fusion au milieu ambiant fait de la Balance quelqu'un qui a le sens de la collectivité.

Ceci, ajouté à son talent de diplomate, prédispose la Balance à la politique, pour peu que son manque d'ambition ne freine pas sa carrière.

La Balance œuvrera toujours en faveur de la paix, de l'entente entre les peuples.

Elle pourra être un pacifiste farouche, comme le natif Gandhi.

L'influence de la Balance s'étendra en général dans le domaine des arts, très favorisés; dans la justice et le progrès social.

Avec elle, les budgets de l'Armée ou de la Défense Nationale sont souvent menacés !

Préjugés : On dit souvent de la Balance qu'elle est superficielle. Erreur ! Son apparente légèreté dissimule le plus souvent un jardin secret d'une grande richesse...

Profession : Les arts, la politique (dans le domaine du social) lui conviennent particulièrement.

Elle sera aussi un excellent collaborateur ou adjoint dans toutes les professions. Sinon, sa palette va de l'esthéticienne à l'ambassadeur !

Prudence : De caractère réfléchi la Balance sera évidemment très prudente... sauf quand elle est amoureuse !

Psychologie : Deux types psychologiques définissent la Balance, oscillant entre le nerveux et le sanguin, la méditation et la spontanéité.

« Le sentimental extraverti qui s'épanouit en sympathisant et en s'épanchant ; celui-ci se sent attaché au monde par tout un réseau de liens, d'affections, et donne libre cours aux élans généreux qui le jettent dans les bras d'autrui, son sentiment animant tout ce qu'il touche par sa chaleur communicative ».

A l'opposé, on trouve le « sentimental introverti, dont le sentiment se concentre sur une seule personne au lieu de s'égrener avec grâce. S'il a plus d'intensité, il a aussi plus de fragilité par l'inquiétude dans laquelle il fait vivre ; il peut faire retraite pour éviter la rudesse de l'extérieur. » (André Barbault).

Cette partition recoupe l'opposition Vénus-Saturne.

Qualités : Si la rubrique « Défauts » l'a quelque peu entamée, redonnons-lui confiance en elle en soulignant que la Balance est : équilibrée, harmonieuse, apaisante, diplomate, sociable, affable, affectueuse, conciliante, charmeuse, enjouée, coopérative, artiste, esthète, intelligente, élégante, soignée, raffinée, gaie, idéaliste et dotée d'un sens remarquable de l'équité.

Quotient Intellectuel : Quelles que soient leurs chances de s'exprimer, on trouve, chez les natifs de la Balance une tendance commune à la quête du Beau.

Sans parfois même se l'avouer, ils sont esthètes dans la plupart de leurs attitudes. Si cette inclination est exagérée, cela donne des « précieux » comme ceux qui hantaient les Tuileries au siècle dernier ou celles qui donnèrent à Molière l'un de ses plus beaux sujets.

Dans la majorité des cas, sans tomber dans ces excès, les Balance mènent, consciemment ou non, une recherche désespérée de la perfection.

D'une nature extrêmement sensible et sensitive,

elles passeront de longues heures à intellectualiser leurs impressions, au risque de se lasser, de baisser les bras et de changer de sujet. Car tel est le paradoxe des Balance, leur fléau : perfectionnistes perpétuellement insatisfaites, elles oscillent d'un sujet à l'autre avec un mal fou à se décider, pour rester la plupart du temps dans un flou qui n'en est pas moins artistique. Les âmes rugueuses peuvent même les trouver fuyantes.

Parallèlement, les Balance ont, par un curieux effet du hasard, un sens de la justice plus développé que leurs concitoyens. Comme on apprécie la justesse d'une note, elles apprécient la justesse des actes et des idées. Toute dissonance leur est pénible. C'est sans doute ce qui les rend si attachantes.

Raffinement : La Balance est le signe du raffinement. Raffinée, la Balance le sera dans tout : ses goûts, ses gestes, son habillement, sa façon de parler, la nature de ses sorties ou de ses voyages, son alimentation, ses amours bien sûr.

C'est que la Balance est un esthète. Pour elle, le beau est une valeur absolue, jusqu'à l'idéal. Elle a horreur du laid, du vulgaire, du prosaïque.

Cette caractéristique peut se vivre de façon nuancée, sans maniaquerie ou sans ostentation. Ce sera la Balance à l'élégance naturelle, discrète mais charmante.

Par contre, cela peut également tourner au maniérisme, à la préciosité, à l'exhibition. La Balance deviendra alors un dandy rococo, se fabriquant des manies désuètes d'aristocrate décadent.

Rancune : La Balance, signe cardinal, a trop de capacité de renouvellement pour être véritablement rancunière.

Sur le moment, elle peut haïr avec force et avec autant d'investissement qu'elle aime. Mais cela ne dure pas. En quelques semaines, la personne qu'elle a détestée pour quelque faute impardonnable, peut redevenir une relation habituelle.

La Balance n'oublie pas, elle pardonne.

Regrets : La Balance a parfois le sentiment d'éprouver des regrets sans objet précis.

Les amours malheureuses la font beaucoup souffrir sur le moment, dans le corps comme dans l'esprit. Mais aussi intense soit-elle, cette douleur ne dure pas. De nouvelles amours se présentent, chassant les regrets des précédentes.

Reste pourtant une sensation de regrets sans cause, comme le souvenir d'un paradis perdu, d'une contrée d'harmonie parfaite que la Balance aurait connue dans une autre vie et qu'elle ne peut plus atteindre dans celle-ci.

Réputation : La Balance est extrêmement soucieuse de sa réputation. Il faut qu'on l'aime et qu'on répande dans l'environnement une image valorisante d'elle-même.

Mais elle a horreur des calomnies, des ragots, de l'esprit cancanier dont elle est parfois victime. Cela peut sans doute toucher sa vanité, mais plus encore son sens de la justice.

Responsabilité : La Balance n'aime pas beaucoup prendre des responsabilités. Cela lui paraît bien lourd pour ses faibles épaules. Et cela crée tellement de complications ! En somme, les responsabilités effrayent facilement la Balance.

Mais elle est serviable et ne sait pas dire non ! Si bien qu'elle endossera des responsabilités en quantité supérieure à sa capacité propre, ne sachant pas refuser.

Romantisme : La Balance est un vrai romantique, parfois désuet dans sa facilité à épouser les contours du type littéraire du romantisme.

Mais ce sera un romantique doux, cherchant la paix, le bonheur et l'harmonie dans l'amour, et non un romantique torturé, douloureux, destructeur ou auto-destructeur.

Rupture : En matière de rupture, il convient de distinguer deux types de Balance.

L'une sera réfléchie, avisée, n'agissant qu'après méditation, quitte à ne pas agir en restant dans l'hésitation. Mais lorsqu'une décision est prise, elle est solide car elle aura été bien pesée.

Signe du mariage, la Balance s'unira par ce biais de façon stable et, pour ce type, les divorces sont rares.

Mais il existe un autre type de Balance chez qui les ruptures ou le divorce sont plus fréquents.

On sait que la Balance est sensible aux apparences et à la beauté physique.

Elle pourra tomber amoureuse d'un corps,

d'une enveloppe charnelle, sans s'assurer que l'entente morale règne.

Ainsi, elle pourra s'unir avec un partenaire qui la séduit complètement alors que, sur le plan de l'entente profonde, ils ne sont manifestement pas faits l'un pour l'autre. La rupture est inévitable et douloureuse.

Ruse : Sans disposer de la ruse diabolique du Gémeaux, la Balance est un bon stratège, agissant avec un mélange de réflexion et de spontanéité, de calcul et d'improvisation.

Elle est surtout un excellent diplomate.

Sacrifice : Le don de soi fait partie des valeurs du signe de la Balance. Elle se met au service de la collectivité, instinctivement disponible pour tout ce qu'on lui demandera, et qu'elle accomplira pour plaire ou faire plaisir.

Elle peut mettre beaucoup d'elle-même dans cette attitude, si bien qu'on verra souvent la Balance dans le rôle de l'assistant ou du fidèle bras droit !

Saison : Septième signe du zodiaque, la Balance marque l'arrivée de l'automne. Les feuilles tombent, la nature se dénude, se dépouille mais flamboie aussi de nouvelles et profondes couleurs.

L'élan vital, diurne et fécond a commencé avec le Bélier et s'est conclu avec la Vierge.

Avec la Balance automnale, c'est le cycle nocturne et spirituel qui s'entame, passant par le déclin de la nature et une phase de dépouillement.

Sang-froid : La Balance est double : réfléchie, prudente et réservée, elle manifestera un self-control parfait ; plus spontanée et inquiète, elle ne gardera pas toujours son sang-froid dans des situations imprévues, d'autant qu'elle aura du mal à se décider à agir en réaction.

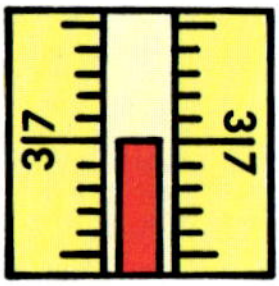

Santé : La Balance est le signe qui, après la Vierge, marque le déclin de l'élan vital et de la force physique amorcés avec le Bélier dans la première moitié du zodiaque.

Cela revient à dire que les natifs sont parfois affligés d'une certaine fragilité physiologique, à tout le moins qu'ils ont des limites physiques et qu'ils doivent savoir ne pas les dépasser.

La Balance n'étant pas un signe d'excès, elle a heureusement toutes les chances de ne pas jouer avec sa santé et de pouvoir accepter des règles de vie hygiéniques, conditions premières pour garder une bonne santé.

Le système nerveux peut être fragile et un des problèmes de la Balance est la mauvaise résistance au stress ou à l'angoisse. Elle est sujette aux maladies de la vessie et des reins.

En général, le principal problème de la Balance est d'ordre psychosomatique. Une liaison amoureuse malheureuse fait plus pour démolir son organisme que la mauvaise alimentation. Cela peut être grave car la Balance n'est pas toujours capable de rompre, ce qui pour elle équivaut, sur le moment, à renoncer à aimer !

Pourtant, elle doit apprendre à stopper des relations catastrophiques dont son corps, vulnérable à mille petits ennuis fonctionnels et circulatoires, paie le prix.

Scrupules : La Balance peut avoir des scrupules au point de ne plus pouvoir agir ou se décider. Les scrupules entraînent chez elle le processus de l'hésitation, lequel amorce le découragement.

Prenons un exemple. Notre Balance est invitée à une soirée chez X, qu'elle aime beaucoup. Mais elle apprend que Y s'y rend également et elle déteste Y, qui en plus la met mal à l'aise. Que faire ? Se rendre à l'invitation ou pas ? Notre Balance a des scrupules. Elle a envie d'aller à cette soirée, mais si sa confrontation avec Y gâchait la réception ? Au bout d'un moment d'hésitation, les scrupules envahissent à ce point sa conscience qu'elle ne sait même plus si elle avait réellement envie d'aller à cette soirée. Après tout, il y en aura d'autres, et sans Y...

Secrets : La Balance est parfois incernable. Son comportement ouvert et léger en fait un être franc, prêt aux confidences.

Mais il a son jardin secret et rares sont ceux qui peuvent se vanter de l'avoir pénétré (parfois, même après trente ans de vie commune !).

Sécurité : La Balance recherche davantage l'équilibre que la sécurité. Comme, malgré cette quête, elle est au fond très instable, elle a souvent davantage besoin de sécurité qu'elle-même ne le croit.

Séduction : Séductrice, la Balance l'est jusqu'au bout des ongles ! Son charme, parfois sa beauté, son élégance et sa douceur sont souvent irrésistibles.

Sa tactique : jouer de tous ses avantages naturels et savoir faire attendre sa proie jusqu'à ce que celle-ci en vienne à croire que c'est elle qui a l'initiative, et qu'elle fasse le premier pas.

Sensibilité : Elle est vive au point que le natif cherche parfois à l'épargner. La Balance a horreur du bruit, des éclats, des gens qui élèvent la voix. Les émotions la bouleversent ou... la font rougir !

Sexualité : Avec l'influence de Vénus commune au Taureau et au Poissons, la Balance est un des trois signes dont la sensualité est dépendante du sentiment. Pour elle, pas de sexualité sans amour... et vice-versa !

Singularité : La Balance aime l'ivresse (et parfois les drogues) mais son organisme supporte mal les excès. L'euphorie est pour elle au prix de la nausée et de la migraine !

Solitude : Sans les autres, la Balance n'existe pas. Sa vie se résume souvent pour elle à ses amitiés et ses amours, seuls plaisirs dont elle ne finit pas par être blasée.

Elle aura toutefois besoin de se retrouver seule pour satisfaire son goût de l'indépendance.

Spiritualité : La spiritualité de la Balance

est pour ainsi dire « descendante », par opposition à la spiritualité du Gémeaux ou de la Vierge qui est « ascendante » c'est-à-dire faisant triompher l'esprit aux dépens de la matière, recherchant une ascension céleste, dépouillée de sensualité.

La Balance réalise le mouvement inverse : les valeurs spirituelles redescendent vers la matière, les sens, la chair.

Spontanéité : La spontanéité de la Balance est à éclipses ! Son caractère changeant oscille.

Parfois, elle sera réservée, observant et ne disant mot.

Parfois, les barrières craquent, et elle devient expansive, en accord immédiat avec ses sentiments.

Sports : Les sports légers sont conseillés pour la Balance : ski, escrime, tennis. Ou bien la danse, pour exalter sa fibre d'artiste.

Succès : Les plus grands succès de la Balance sont évidemment les succès amoureux ! Rien de plus moral pour ce signe qui est à la fois celui des nobles aventures et du mariage d'amour.

Comme une balance comporte deux plateaux, elle sera même portée à la bigamie (et après tout, pourquoi pas, si elle arrive à vaincre le conformisme ambiant ?).

En fait, beaucoup des succès de la Balance semblent gagnés d'avance, et c'est peut-être le piège de ce signe.

Elle est susceptible de s'en tenir à ses facilités, donc de ne pas chercher à surmonter certains obstacles, ou de ne pas évoluer, n'ayant pas nécessairement à le faire pour rencontrer la réussite. Attention aux retours de manivelle !

Superstition : La Balance peut être à la fois un esprit logique et un esprit confus. Au nom de la logique, elle refusera les superstitions. Mais, inquiète de nature, des flambées irrationnelles peuvent la saisir et elle pâlira soudain en voyant un chat noir croiser son chemin !

Symbole : La Balance possède une grande richesse symbolique car elle est un signe de l'intermédiaire, de la charnière, de l'équilibre.

Située dans le zodiaque entre la Vierge et le Scorpion, elle marquera précisément le moyen-terme entre la mesure et l'excès.

Elle représente la justice, les contraires évalués tour à tour pour obtenir l'harmonie et l'équilibre.

Elle figure également le déclin du jour au profit de la nuit et l'hiéroglyphe du signe évoque un soleil couchant.

Tendresse : Elle figure au nombre des qualités de la Balance, pleine de grâce, de douceur, aimant les ambiances feutrées et les gestes tendres.

Territoire : Elle n'a pas de territoire bien défini spatialement. Son territoire à elle, ce sont les autres !

Timidité : La Balance n'est pas nécessairement timide, mais le comportement réservé de certains natifs, leur tact extrême, leur peur de troubler l'ordre, pourront être interprétés à tort comme de la timidité.

Tradition : La Balance n'aime pas les traditions par pur conformisme, mais par raffinement. Car tout raffinement suppose un code, des règles du jeu soigneusement établies. La Balance les intériorise.

Transport : La Balance aime le transport, physique ou spirituel. Pour se déplacer, tout est bon. Avec une préférence pour les transports en commun, ou la voiture personnelle partagée avec les amis.

Travail : Au travail, la Balance est un élément précieux et, en général, apprécié.

Dans le cadre d'un travail en équipe, elle donne le meilleur d'elle-même, ses qualités de collaborateur, de conciliateur pouvant faire d'elle le moteur ou le centre indispensable d'une entreprise collective.

Elle-même aura parfois besoin de l'émulation des autres pour vaincre un penchant à l'indolence. Mais point de je-m'en-foutisme chez elle : son adaptabilité et sa souplesse lui permettent de prendre à cœur ses activités.

Unions : Entre les différents signes du zodiaque.

Balance-Bélier :

Que peuvent bien se raconter le dieu de la guerre et la déesse de l'amour lorsqu'ils se rencontrent ? Ils forment le couple idéal !

Le Bélier (Mars) domine et la Balance (Vénus) charme. C'est l'attirance des contraires qui se heurtent, se choquent, mais se complètent.

Balance-Taureau :

Ces deux signes gouvernés par Vénus s'attirent irrésistiblement et communient dans une sensualité épanouie et complice.

La solidité et la volonté du Taureau affermissent la Balance, et celle-ci séduit par sa grâce, son élégance et ses multiples dons artistiques. Les échanges seront constants et renouvelés.

Balance-Gémeaux :

L'entente est bonne pour ces deux signes d'Air, chacun apportant sa part de charme, de délicatesse, de vivacité, de mobilité, de diplomatie.

La nature d'artiste de la Balance enrichit le Gémeaux logique, sa grâce et son élégance recherchée lui apportent renouveau ou surprise.

Comme ils ont tous les deux besoin d'indépendance, il joueront leur relation comme une partie de cache-cache. Le fond pessimiste de la Balance peut toutefois inquiéter le Gémeaux déjà inquiet sur lui-même, et son indécision face à la vie ne l'aide pas beaucoup.

Mais s'ils restent légers, ils vivront leur faiblesse commune sans gravité.

Balance-Cancer :

Ils s'attirent beaucoup, l'imagination du Cancer vibrant au contact de la légèreté séduisante de la Balance. C'est la rencontre de la Lune et de Vénus, féminité, invention, sensualité, esthétique. Les valeurs se complètent, s'harmonisent et font passer une certaine magie amoureuse entre les deux signes.

Ils pourront connaître le coup de foudre. Mais leur relation ne sera pas toujours durable. Le besoin d'indépendance de la Balance rend le Cancer inquiet, ils devront se faire des concessions mutuelles.

Balance-Lion :

Une même aspiration à la créativité les rapproche. C'est la puissance fonctionnant avec la séduction, la force avec la souplesse.

Si un rapport de force s'installe (ce qui est toujours une éventualité avec le Lion), la Balance est désavantagée, elle aura tendance à fuir ; ou bien, menée par le bout du nez, elle souffrira mais sera en état de dépendance à l'égard du Lion.

S'ils s'harmonisent, ils forment un très beau couple.

Balance-Vierge :

La Balance jugera parfois la Vierge un peu lourde, limitée, étroite, tatillonne, tandis que la Vierge s'irritera de la désinvolture, de la frivolité ou de la dispersion de la Balance.

Mais ils pourront se corriger mutuellement. La Balance esthète est attirée par l'intelligence et l'humour de la Vierge. Et tous deux se méfient des excès au profit d'un culte du juste milieu.

Balance-Balance :

« Qui se ressemble s'assemble », dit le proverbe. Il fonctionne bien avec la Balance qui peut s'épanouir avec une autre Balance. Le vieux fond narcissique du signe peut l'amener à rechercher une âme-sœur qui soit son propre portrait. Et comme il a peu d'esprit de compétition, il ne souffrira pas de la comparaison désavantageuse avec un autre lui-même.

Balance-Scorpion :

Ils sont très différents et l'attirance est rare. Mais lorsqu'elle fonctionne, charme et magnétisme sont complets, envoûtants. La Balance est souvent effrayée par le Scorpion tourmenté, mais ils forment à eux deux l'alliance de l'amour et de la guerre.

Balance-Sagittaire :

L'attirance entre les deux signes est rarement d'ordre charnel, mais plutôt de l'ordre de l'idéal et de la morale.

Ils s'entendront parfaitement dans un cadre professionnel ou amical (ou les deux en même temps). Il faut qu'un brin de sensualité se mêle de la partie pour réaliser une bonne entente.

Balance-Capricorne :

Comment les concilier ? Ils sont tellement différents : la Balance est ouverte, parfois superficielle, recherchant les sympathies, et le Capricorne est renfermé, assoiffé d'intensité, cherchant l'isolement.

A moins bien sûr de tomber sur une Balance à forte tonalité saturnienne...

Balance-Verseau :

Ces deux signes d'Air sont faits pour s'entendre, l'un apportant son sens esthétique, l'autre ses inventions plus abstraites.

Le dialogue peut parfois être difficile : le Verseau changera souvent d'opinion face à une Balance qui ne sait jamais à quel saint se vouer.

En outre, le détachement matériel du Verseau peut ne pas convenir à la variété la plus sensuelle des Balance.

Balance-Poissons :

Le Poissons énigmatique attire irrésistiblement la Balance, séduite par son univers de profondeur et de sensibilité. Très sensible aux ambiances, la Balance sera captivée ou... capturée.

Tous deux pourront s'associer durablement dans un comportement altruiste.

Vêtements : L'homme comme la femme du signe manifestent un goût extrême dans le choix de leurs vêtements. Pour eux, s'habiller est un des actes importants de la vie et ils ne le négligent jamais.

Ils n'adopteront pas pour autant des vêtements extravagants. Ils aimeront être à la mode, dans des habits de prix et de première qualité, en se signalant toujours par une note d'originalité.

Villes : Comme les pays, certaines villes sont associées au signe de la Balance : Anvers, Francfort, Fribourg, Vienne.

Voix : Douce, égale, parfois monocorde, la voix de la Balance est aussi charmeuse que ses gestes. Elle n'est pas toujours très grave, mais elle est chaleureuse.

La Balance choisit ses mots et aime les tournures recherchées, sans cuistrerie ni pédantisme.

Volonté : La Balance est davantage un signe de velléité que de volonté !

Signe cardinal, elle est plutôt caractérisée par l'élan et la rapidité d'exécution que par la volonté et la continuité.

Voyage : La Balance peut être une grande voyageuse.

Sensible aux ambiances et désireuse de s'unir à l'environnement, elle aimera connaître les pays les plus exotiques de l'intérieur de leur mode de vie et de leurs traditions.

La Balance se satisfait souvent mal du tourisme classique. Elle préfère essayer vraiment de vivre sur place, chez l'habitant, et elle est sensible à l'authenticité du cadre.

Zizanie : Ce mot ne figure pas dans le lexique de la Balance. Elle a horreur de toute forme de zizanie, recherchant avant tout l'accord, quitte à faire de larges concessions.

Elle se trouvera donc plus souvent dans un rôle de conciliateur que de semeur de zizanie !

Calcul de l'ascendant

Afin de simplifier le calcul de votre ascendant qui implique souvent des tableaux horaires longs et fastidieux, nous vous proposons une nouvelle méthode qui suppose seulement la connaissance de votre heure de naissance.

S'il n'est pas rigoureusement exact, ce système ne comporte qu'une très faible marge d'erreur (environ 4%).

Il vous suffit donc de chercher, sur le tableau ci-dessous, la colonne qui correspond à votre date et à votre heure de naissance pour trouver votre ascendant.

Dans le cas où vous êtes né dans un pays appliquant l'heure d'été au moment de votre naissance, il est nécessaire, auparavant, d'y retrancher une heure.

Si vous êtes né **Balance** entre les :

24 sept.-3 oct.		4 oct.-13 oct.		14 oct.-23 oct.		Ascendant :
18 h 10	19 h 10	17 h 30	18 h 30	16 h 50	17 h 50	**Bélier**
19 h 10	20 h 30	18 h 30	19 h 50	17 h 50	19 h 10	**Taureau**
20 h 30	22 h 10	19 h 50	21 h 30	19 h 10	20 h 50	**Gémeaux**
22 h 10	00 h 40	21 h 30	24 h 00	20 h 50	23 h 30	**Cancer**
00 h 40	03 h 30	00 h 00	02 h 50	23 h 30	02 h 10	**Lion**
03 h 30	06 h 10	02 h 50	05 h 30	02 h 10	04 h 50	**Vierge**
06 h 10	08 h 50	05 h 30	08 h 10	04 h 50	07 h 30	**Balance**
08 h 50	11 h 40	08 h 10	11 h 00	07 h 30	10 h 20	**Scorpion**
11 h 40	14 h 00	11 h 00	13 h 20	10 h 20	12 h 40	**Sagittaire**
14 h 00	15 h 50	13 h 20	15 h 10	12 h 40	14 h 30	**Capricorne**
15 h 50	17 h 10	15 h 10	16 h 30	14 h 30	15 h 50	**Verseau**
17 h 10	18 h 10	16 h 30	17 h 30	15 h 50	16 h 50	**Poissons**

Index

Activité p. 9
Adolescence p. 10
Affaires p. 11
Alimentation p. 11
Ambition p. 12
Amitié p. 12
Amour p. 13
Anatomie p. 14
Animal p. 15
Argent p. 15
Arts p. 16
Ascendant p. 16
Aventure p. 20

Bijoux p. 23
Bonheur p. 23
Bricolage p. 23

Célébrités p. 25
Chance p. 25
Charme p. 25
Chiffres p. 26
Communication p. 26
Complexes p. 26
Concentration p. 27
Conflit p. 27
Conquête p. 28
Conseil p. 28
Contradiction p. 28
Couleurs p. 28
Courage p. 28
Création p. 29
Cuisine p. 29
Culture p. 29
Curiosité p. 30

Danger p. 31
Déception p. 31
Décoration p. 32
Défauts p. 32
Dépression p. 32
Destin p. 33
Discipline p. 33
Domination p. 34

Échec p. 35
Égoïsme p. 35
Élément p. 36
Enfance p. 36
Ennemis p. 37
Ennui p. 37
Excès p. 37
Exigence p. 38

Famille p. 39
Fantaisie p. 39
Fantasme p. 40
Fidélité p. 40
Force p. 40

Gourmandise p. 43
Grossesse p. 43
Groupe p. 44

Héros p. 45
Honnêteté p. 45

Hospitalité p. 45
Humeur p. 45
Humour p. 46

Idéal p. 47
Imagination p. 47
Influence p. 47
Instinct p. 48
Intelligence p. 48
Intimité p. 48
Intuition p. 48
Invention p. 49

Jalousie p. 51
Jours p. 51
Justice p. 52

Liberté p. 53
Libido p. 53
Loisirs p. 54

Maison p. 55
Mariage p. 55
Maternité p. 55
Maturité p. 56
Métaux p. 56
Mythologie p. 56

Naïveté p. 57
Narcissisme p. 57
Nature p. 58

Obstacles p. 59
Opportunisme p. 59
Optimisme p. 59
Orgueil p. 60

Paresse p. 61
Parfums p. 61
Passion p. 61
Paternité p. 62
Pays p. 62
Perfection p. 62
Pierres p. 62
Planètes p. 62
Plantes p. 63
Politique p. 63
Préjugés p. 64
Profession p. 64
Prudence p. 64
Psychologie p. 64

Qualités p. 67
Q.I. p. 67

Raffinement p. 69
Rancune p. 69
Regrets p. 70
Réputation p. 70
Responsabilité p. 70
Romantisme p. 71
Rupture p. 71
Ruse p. 72

Sacrifice p. 73
Saison p. 73
Sang-froid p. 73
Santé p. 74
Scrupules p. 75
Secrets p. 75

Sécurité .... p. 75
Séduction .... p. 75
Sensibilité .... p. 76
Sexualité .... p. 76
Singularité .... p. 76
Solitude .... p. 76
Spiritualité .... p. 76
Spontanéité .... p. 77
Sports .... p. 77
Succès .... p. 77
Superstition .... p. 78
Symbole .... p. 78

Tendresse .... p. 79
Territoire .... p. 79
Timidité .... p. 79
Tradition .... p. 79
Transport .... p. 79
Travail .... p. 80

Unions .... p. 81

Vêtements .... p. 85
Villes .... p. 85
Voix .... p. 85
Volonté .... p. 85
Voyage .... p. 86

Zizanie .... p. 87

Calcul de l'ascendant .... p. 89

Illustrations de Dominique Renaux
Vignettes de Dye Transfert
Couverture de Xavier Gassot

Imprimé en Italie

N° d'éditeur: C 151
N° ISBN pour la collection: 2-86721-038-4
N° ISBN pour le présent volume: 2-86721-031-7

Dépôt légal: Paris, 2e trimestre 1989.

Diffusion exclusive en France:
Comptoir du Livre à Paris.

Diffusion exclusive en Belgique pour la langue française:
Daphné Diffusion à Gent.